CRONACHE DAL MONDO DEGLI *Spiriti*

5

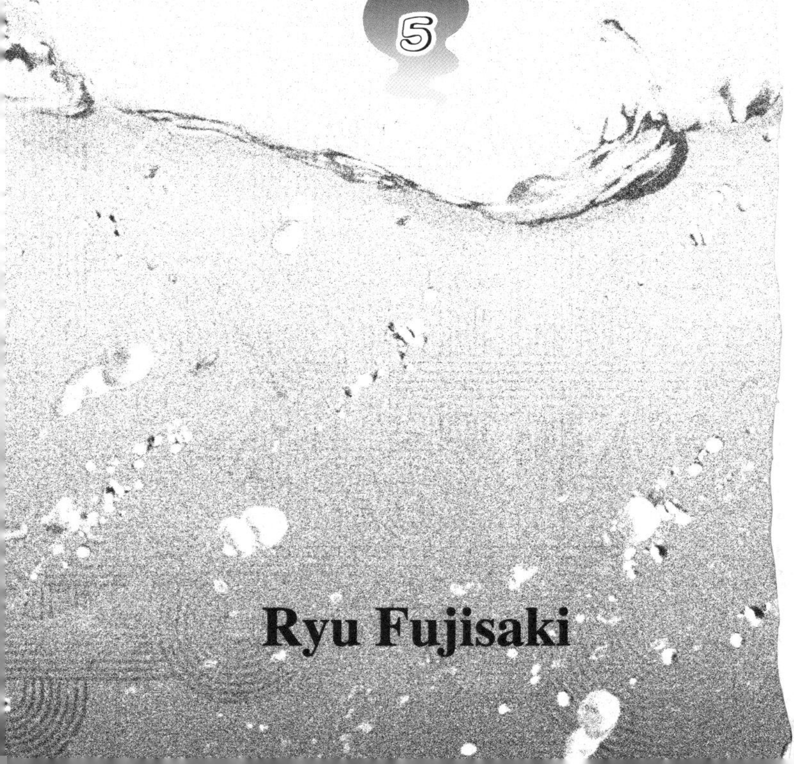

Ryu Fujisaki

CRONACHE DAL MONDO DEGLI *Spiriti*

5

Contenuti

Capitolo – Tentadue......03
Capitolo – Trentatrè......23
Capitolo – Trentaquattro......43
Capitolo – Trentacinque......63
Capitolo – Trentasei......83
Capitolo – Trentasette......103
Capitolo – Trentotto......123
Capitolo – Trentanove......143
Capitolo – Quaranta......163

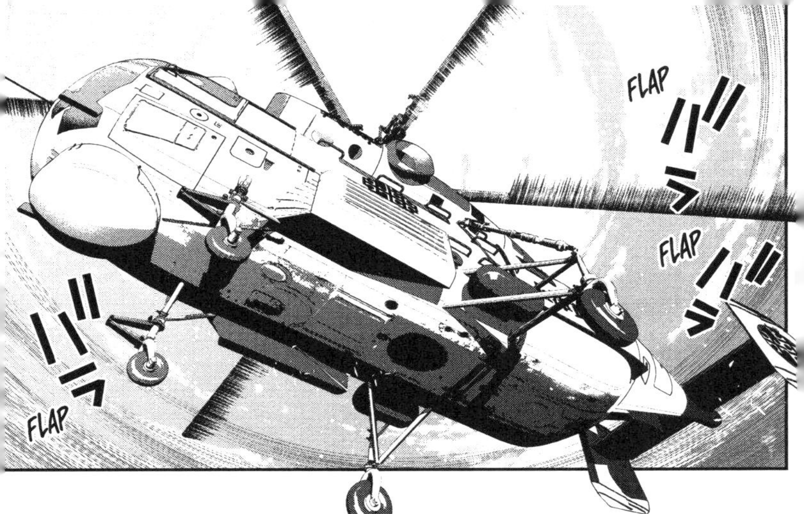

Capitolo - Trentadue

WOUSH
WOUSH
LORD SARUTAHIKO, CI SCUSI PER L'ATTESA!
LE SUE GAMBE E LE SUE BRACCIA SONO PRONTE, E LE ABBIAMO QUI CON NOI!
TAP TAP TAP
FLIP
AMICI TUOI?
MUOVERSI IN GRUPPO È UNA BELLA SECCATURA!
IO SONO ABITUATA AD AGIRE DA SOLA, PERCIÒ INTANTO MI METTO IN MOTO!
ANDIAMO, KUROTOWA!
MA... CACCHIO!

GRIPP
ぐっ
ぱっ
FLAP
SÌ, FUNZIONANO BENE.
AVETE FATTO UN BUON LAVORO.
GRAZIE!
ADESSO VOGLIO CHE SCOPRIATE COSA SIA QUELLA MARIONETTA GIGANTE.
SÌ!
IO SEGUIRÒ QUELLA ROMPISCATOLE!
スッ
LORD SARUTAHIKO, CI SAREBBE UN'ALTRA COSA!
È UN MESSAGGIO DA PARTE DI LORD ZEAMI!

SUPPONGO SIA SUPERFLUO DIRLO, MA VEDI DI NON INIMICARTI QUELLA SCIA-MANA!
ABBIAMO BISOGNO CHE COMBATTA AL NOSTRO FIANCO AL POSTO DI AME, ORA CHE È PRIVA DI CONOSCENZA!
AH!
MA CER-TO...
DEVO ASSOLUTA-MENTE FAR DIVENTARE NOSTRA AL-LEATA QUELLA SCIAMANA!

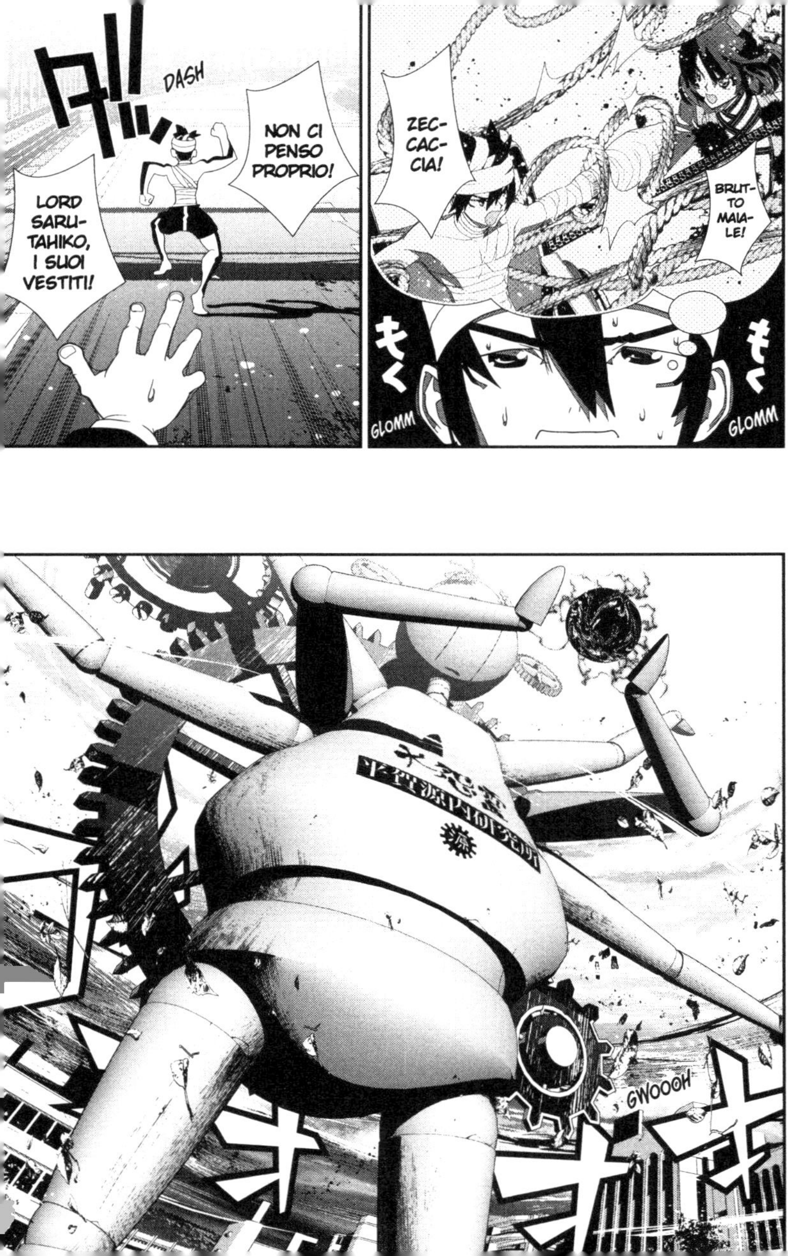
BRUT-TO MAIA-LE!
ZEC-CAC-CIA!
GLOMM
GLOMM
NON CI PENSO PROPRIO!
DASH
LORD SARU-TAHIKO, I SUOI VESTITI!
GWOOOH

TAP TAP TAP
È STATA LEI A FARE FUORI QUESTA FECCIA?
BEH, MEGLIO COSÌ...
UHM...
GNEEK
GNEEK
QUELLA MARIONETTA GIGANTE HA UN BUCO NEL PIEDE.
CHE SIA STATA LEI AD APRIRLO, PER INFILARSI AL SUO INTERNO?
BUCO
ZHAH

ゴゴーン
GRIND
ゴゴン
GRIND

SUL VENTRE DI QUESTA MARIONETTA COLOSSALE C'È SCRITTO CHIARO E TONDO "GRANDE SPIRITO VENDICATIVO - LABORATORI HIRAGA GENNAI".
SAREBBE A DIRE CHE, DA QUALCHE PARTE AL SUO INTERNO, SI CELA UN GRANDE SPIRITO VENDICATIVO?
平賀源内研究
源
▲GRANDE SPIRITO VENDICATIVO - LABORATORI HIRAGA GENNAI
SWOUSH
QUI DENTRO NON VEDO NESSUNO SGHERRO...
FRUP
FRUP
FRUP
MAGARI LI AVRÀ ABBATTUTI TUTTI LEI MAN MANO CHE AVANZAVA.

UHM...
CHE STATE COMBI-NANDO?
GNEEK
ニュッ
AH!
IGH!
!
くる
SWIRRL
くる
SWIRRL
QUEL-LO È...

MUM-
BLE...
MUM-
BLE...
TLACK
コチョ
TLACK
コチョ
MUM-
BLE...
MUM-
BLE...
CLICK
ブッ
CLICK
ブッ
CLACK
ブッ

QUELLO È DI SICURO UN GRANDE SPIRITO VENDICATIVO!
IL LIVELLO DELLA SUA RABBIA È ALTISSIMO!
AVVICINIAMOCI QUATTI QUATTI DA DIETRO E FACCIAMOLO FUORI!
IO VADO!
RIPRENDI TUTTO, KUROTOWA!
OK!
...
DASH
...
ASPETTA!
CHE C'È?
NON VORRAI MICA FREGARMI IL LAVORO?
ZWUNNG
NO.
È SOLO CHE...
FRUSH
FRUSH
...AVREI UN FAVORE DA CHIEDERTI!
E ALLORA PARLA!
STAVO PENSANDO...
DILLO E BASTA!

EBBENE, STAVO PENSANDO...
EH?
ポッ
PLOP
EEE-EH?
NON CI SENTOOOO!
FLIP
ほじ
FLIP
ほじ
LA AMMAZZO DAVVERO!
...CHE POTREI DARTI UNA MANO ANCH'IO!
TUTTO QUA...
UHM
ギラッ

GENNAI! SONO IO, RIKYU!
SONO RIMASTO BLOCCATO QUI!
AIU-TAMI!
VEC-CHIO BA-STAR-DO!
WHAMM
PER COLPA TUA LA MIA TATTICA STEALTH È FALLITA!
TÈ
CHE VUOI FARE?
VUOI COL-PIRMI AN-CO-RA?
E ALLORA COLPI-SCIMI PURE!
COLPISCI UN POVERO, DEBOLE VECCHIETTO! CHE CI VUOLE, IN FONDO?
SBONK
GYA-AAAA-AAH!

ちらっ
BLINK
FLIP
E ALLORA?
FRUSH
くる
FRUSH
くる
A ME INTERESSANO SOLO LE MIE RICERCHE.
...
CAPISCO.
ANCHE LASCIANDOLO PERDERE, NON NE RICEVERAI ALCUN DANNO.

...
FRUSH FRUSH
くるくる
...
くるくる
FRUSH FRUSH
ZWA-PP...
LORD SARU-TAHI-KO!
RIE-SCE A SEN-TIRMI?
ZWAPP
CHE C'È?
ABBIAMO SCOPERTO CHE COSA È REALMENTE LA MARIONETTA GI-GANTE SULLA QUALE CI HA ORDINATO DI INVESTIGARE.
SI TRATTA DI UNA MAC-CHINA PER CREARE BUCHI NERI!
BUCHI NERI?

GWOOOOOOH
LE SUE ENORMI MANI SONO IN GRADO DI COMPATTARE LO SPAZIO, GENERANDO UNA SUPER MASSA!
ENTRO TRE ORE IL BUCO NERO SARÀ COMPLETATO E INGHIOTTIRÀ TUTTO IL PIANETA!
SCIAMANA, DOBBIAMO ABBATTERE QUELLA MARIONETTA!
STA PRODUCENDO UN BUCO NERO!
DASH
NON OSARE DARMI ORDINI!
CHE COSA?
TAP
QUI

GWOOOH
QUELLO SAREBBE IL BUCO NERO, EH?
AH...
E IO COME LA DISTRUGGO UNA COSA TANTO GRANDE?
FZZZ

QUELLO È L'ALIMENTATORE!
È IL MIO GHOST A SUSSURRAR-MELO
TAP
タッ
IN NOME DELLA TERRA...
タッ
TAP
EH? EHI...
タッ
TAP
...IO TI PU-NIRÒ!
WHAMM

FLASH
?
WUUM
VRRR
AAAH!
AAA-
AAH!
LA MIA IN-
VENZIONE
GIGANTE!

CRONACHE
DAL MONDO DEGLI
Spiriti

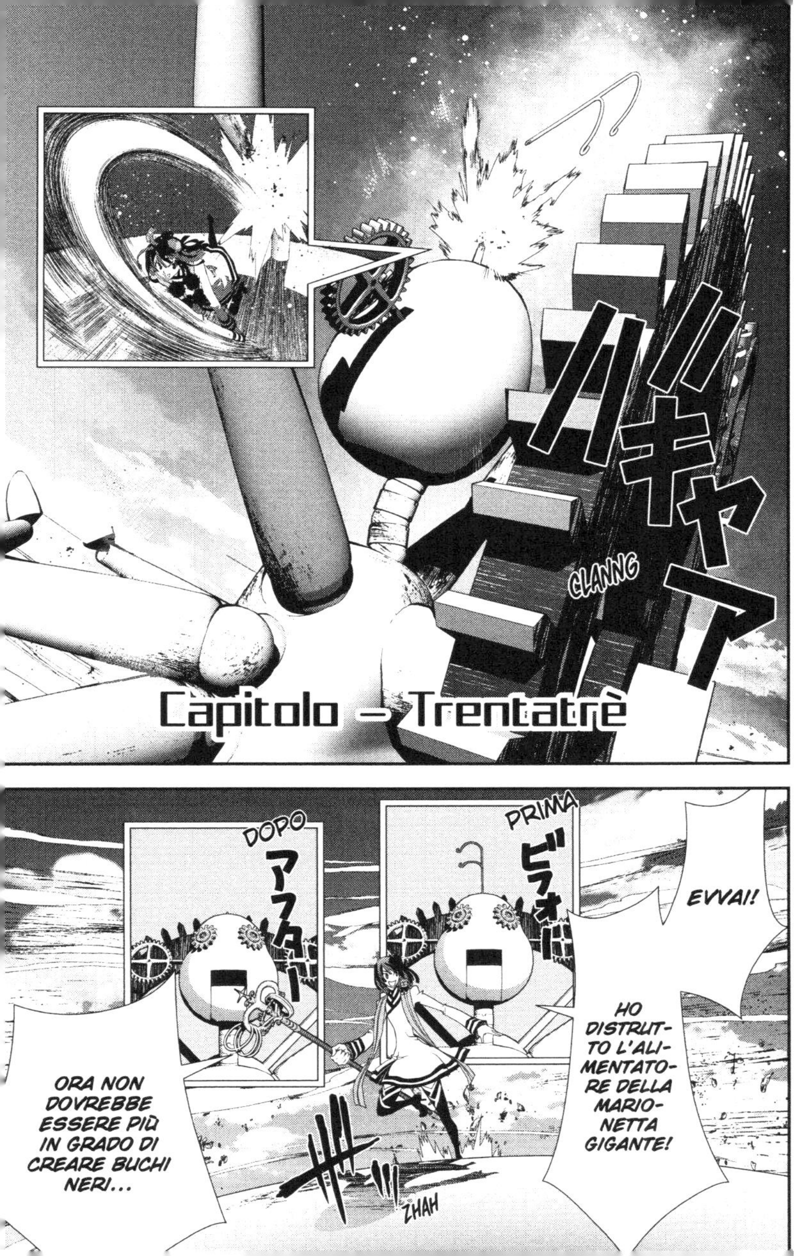

バキャア
CLANNG
Capitolo - Trentatrè
PRIMA
ビフォー
DOPO
アフター
EVVAI!
HO DISTRUT-TO L'ALI-MENTATO-RE DELLA MARIO-NETTA GIGANTE!
ORA NON DOVREBBE ESSERE PIÙ IN GRADO DI CREARE BUCHI NERI...
ZHAH

EH?
WOUMP
NON È POSSIBILE...
PERCHÉ NON SI FERMA?
MA ALLORA...
...QUEL CORNO NON ERA L'ALIMENTATORE?
平賀源内研究所
源
WOUMP
SARUTAHIKO

MPH!
SWOUSH
!
ZHAAH
GWOOOUSH
SEI STATA TU?

SEI STATA TU A DISTRUG-GERE LA MIA INVENZIONE GIGANTE?
ORA TI VIVISE-ZIONO!
MA BENE!
FINALMENTE HAI DECISO DI FARE SUL SERIO, GRANDE SPIRITO VENDICATIVO!
PER UNO COME TE BASTERÀ UN ONE PUNCH PER AUMENTARE LE VISUALIZZA-ZIONI!
FINALMEN-TE CI SIAMO! È ARRIVATO IL MOMENTO DEL GRANDE SPIRITO VENDICATIVO!
VEDI DI NON CADERE GIÙ, KURO-TOWA!
LA SUA INVEN-ZIONE...
A ME SEMBRA SOLO UN DISPOSITIVO PER CREARE CORRENTE ELETTROSTA-TICA!

PRENDI QUESTO!
WHAMM
GRABB
MPH!
SCRIBB
SCRIBB
MA GUARDA... IL GRANDE SPIRITO HIRAGA GENNAI STA SCRIVENDO QUALCO-SA NELL'ARIA!
CHE COSA?
GNEEK
GNEEK
GNEEK

SCRIBB
キュッ
FATTO!
BENE BENE, SAI CHE COSA È QUESTO?
EH?
CHE ROBA È?
L'INSEGNA DI UN CENTRO COMMERCIALE?
SCEEEMAAA!
DIINNG
NON SEI IN GRADO DI LEGGERE NEMMENO QUESTA FORMULETTA DA BAMBINI DI TRE ANNI? DA NON CREDERE!
SI TRATTA DI UN ESPLOSIVO, LA NITROGLICERINA!
HANA MARU PON!

CHE...
CHE COSA?
SCRUNT
HO COME L'IMPRES-SIONE CHE TU MI STIA PRENDENDO IN GIRO!
WOUMM
CHE MI RAPPRESEN-TANO QUESTI GRAFICI?
CRASH
PRENDI QUESTO!
FLASH
EH?

KABOOMM
EH?
SAKUYA!

COLPENDO LA FORMULA DELLA NITROGLI-CERINA, QUESTA È ESPLOSA!
FIUUUUH
ひゅ
QUEL TIPO È CAPACE DI RENDERE REALI LE COSE CHE SCRIVE?
WOUSH
SWIRLL
SWIRLL

EH...
GRABB
はっ
AH
IMPOS-
SIBILE...
IO
HO...
...AVUTO
BISOGNO
DI AIUTO?

OOO-OOOH!
GUARDA CHE... NON VOLEVO MICA AIUTARLA!
HO SOLTANTO PENSATO CHE FORSE MI FAREBBE PIÙ COMODO DA VIVA!
GRIPP
BLUSH
SWOUSH
QUESTO È UN MISTERO.
PROPRIO UN BEL MISTERO!
UH?
DIMMI UN PO', COS'È QUESTA CORDA?
GUARDA COME SI ALLUNGA...
TROVO LA COSA ALQUANTO AFFASCINANTE.

E TU DA DOVE SBUCHI?
WHIRLL
ぐる
WHIRLL
ぐる
ASPETTA! FAMMELA GUARDARE MEGLIO!
ギリ..
GRIND
SOLO UN POCHINO...
EDDAI!
EDDAI!
WHAMM
FLIP
OH!
QUAND'È COSÌ, DOVRÒ FARE A PEZZI LE SUE BRACCIA!
ALMENO NON DOVREBBE ESSERE PIÙ IN GRADO DI CREARE BUCHI NERI!

VOGLIO FAR SÌ CHE, GRAZIE ALLE MIE SOLE FORZE, IL MONDO RIMANGA STUPEFATTO...
...DELLE MIE CAPACITÀ DI SCIA-MANA!
TAP TAP TAP TAP TAP TAP
タタタタタ
ボト
THUDD
ボト
THUDD
TUA NONNA È UNA BUGIARDA! LO DICONO TUTTI!
NON È VERO!
I FANTASMI NON ESISTONO MICA! FIGURIAMOCI POI EVOCARLI!
ECCO PERCHÉ NON VOGLIO NESSUN AIUTO!
NON SO CHE FARMENE!
DANNG

WHAMM
IO
EVOCO LO SPIRITO DI ZEAMI!
TI
INVOCO
IO!
TI!
INVO-CO!
KAMITSUYOMIDO
GULP
UN-GHH!
?
TUTTO BENE, ZEAMI?
UU-UH...
UGH...

1842-1868. CAPITANO DELLA SHINSENGUMI, UNITÀ SPECIALE DI POLIZIA NEL PERIODO DELLO SHOGUNATO ▼

ヴィーン
ZWINGG
BRU-
CIA!
KIKU-
ICHI-
MONJI!

ZWUNNG

CHE TU SIA MALEDETTO... COME HAI OSATO MOZZARE LE BRACCIA ALLA MIA AMATA MACCHINA GENERA-BUCHI NERI?
CHE POI, IN REALTÀ, NE HA ANCORA ALTRE QUATTRO!
FLIP
平賀源内研究所
CHE COSA?
E COMUNQUE...
BLINK
SWIISH
TI SEI APPENA TRASFORMATA, VERO?
UH!
ZHAH
BEH, SÌ.

UH, UN BEL MISTE-RO...
E IO DEVO RISOLVERE I MISTERI!
NON È CHE MI LASCERESTI FARE UNA PIC-COLA ISPEZIONE MEDICA?
DAI, TI PREGO, LASCIATI DARE UNA PALPATINA!
UH UH...
SOLO UN POCHINO...
UH UH...
TI POSSO FARE UNA FOTO?

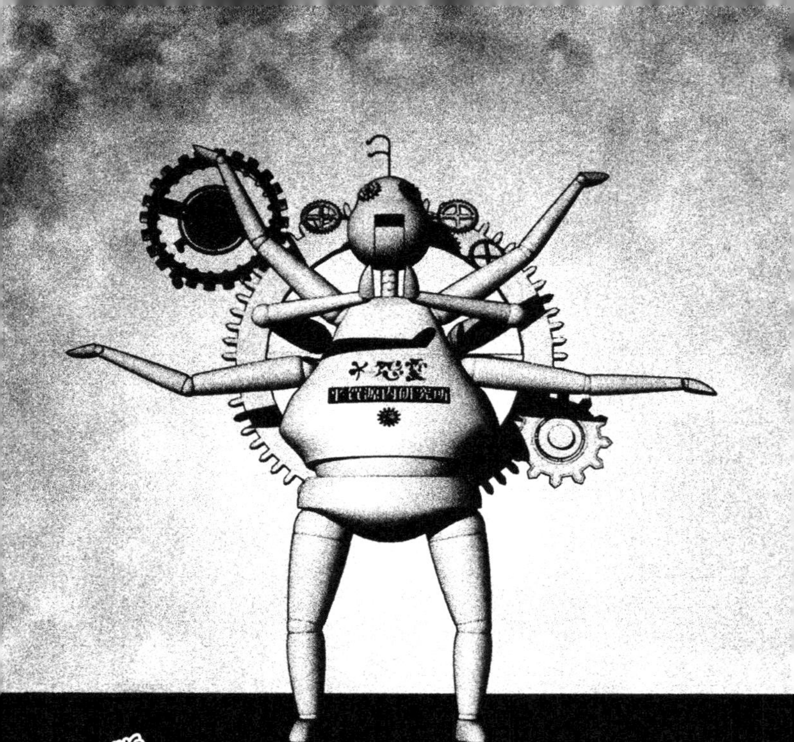

BONUS

LA MACCHINA GENERA-BUCHI NERI DI GENNAI

È UNA MARIONETTA
ORRIBILE IN GRADO DI COMPATTARE
LO SPAZIO, GENERANDO UNA SUPER MASSA.
LASCIANDO DA PARTE QUESTO MANGA, GENNAI HA
INVENTATO LA STAMPA A COLORI PER LA UKIYO-E
ED È ANCHE CONSIDERATO IL CAPOSTIPITE
DELLA LETTERATURA GESAKU.
FU UN VERO GENIO.

KAMITSUYOMIDO, FONTE DI HIMIKO
Capitolo - Trentaquattro
SHAAAH
SHAAAH

PSSSH
PSSSH
LA MIA AMICA DEL CUORE AME NON HA ANCORA RIPRESO CONO-SCENZA, E IO NON SO DAVVERO COSA FARE.
ORA CHE HO PERSO TOTOMARU, CHACHAMARU E SANADAMARU, MI TROVO IN ENORMI DIFFICOLTÀ.
AL MOMENTO, TUTTA LA FORZA MILITARE DI KA-MITSUYOMIDO È COSTITUITA DA SARU.
IO OR-MAI...
...SONO SOLTANTO UN INUTILE AMMASSO DI PUZZA.

VISTO COME SONO, NON PENSO CHE AME E SARU VORRANNO ESSERE ANCORA MIEI AMICI.
FAREI MEGLIO A TORNARE NELLA MIA BAITA, A VIVERE PER FATTI MIEI.
MA-GA-RI...
ZHAAAH
RATTLE RATTLE
...POTREI IMMERGERMI NELLA FONTE DI HIMIKO, E PURIFICARE ALMENO IL MIO CORPO.
SOLO, LAVANDOMI NON SARÒ PIÙ IN GRADO DI USARE LO SPIRITO VENDICATIVO.
TANTO TOTOMARU, CHACHAMARU E SANADAMARU NON CI SONO PIÙ...
CHE PUZZA.
L'ACQUA SI SPORCHERÀ.
NON AVVICINARTI.
NON AVVICINARTI!

IO...
...TORNERÒ A ESSERE UNA RAGAZZA NORMALE!
ZOOOMP
IIGH...
ALTOLÀ!
!
GRABB
YAMADA?
FRUP
AH...

KIIII!
TO-TO-MA-RU?
SANA-DAMA-RU!
CHA-CHAMA-RU?
KIIII!
KIIII!
COME È POSSI-BILE?
NON ERANO SVANITI DEL TUTTO!
SI ERANO SOLO INDEBOLITI, PERDENDO LA LORO FORMA E TRASFORMAN-DOSI IN SPIRITI VINCOLATI.
E COSÌ, ANCHE SE CI È VOLUTO UN SACCO DI ORO, SONO TORNATI INDIETRO!
FAI GNAM!
自衛隊
OO-OO-OH...
BLOP
YAMA-DA!
BLOP
OOOH...

QUESTA È TUA.
?
UNA RICEVUTA?
FRUSH
ズッ
ORA HAI 10.000 MILIARDI DI YEN DI DEBITO!
SHINANO
WOUMP
コネ
WOUMP
コネ
UU-UH?
DIMMI UN PO', COME FAI A TRASFORMARTI?
NON È CHE MI LASCERESTI DARE UN'OCCHIATA A COME SEI FATTA?
GUARDA, MI BASTA ANCHE UN PEZZETTO DI TESTA!
EH?
EH?

AH!
MA CHE SEI, UN MANIACO?
IO SONO HIRAGA GENNAI, LO STUDIOSO DESTINATO A SVELARE OGNI MISTERO ESISTENTE!
ALLORA, CHE NE DICI?
MI LASCI DARE UNA PALPATINA?
PALP
PALP
EH?
EEE-EEH?
GAASP
NO!
È FISICAMENTE IMPOSSIBILE!
NON AVVICINARTI!
AAH!
...
CHE PENSAVA DI FARE, ASSUMENDO LE SEMBIANZE DI OKITA?
NOO!
IGH IGH IGH IGH

NON MI SFUGGIRAI!
SCRIBB
TECNICA MORTALE! GRAVITAZIONE UNIVERSALE!
HANA... MARU... PON!
SCRIBB
ZWUNNG
NNG-GH...
IL DESTINO DELLE PERSONE SPECIALI È DI ATTRARSI A VICENDA!
COSÌ È STABILITO DALLA LEGGE DI GRAVITAZIONE UNIVERSALE SCOPERTA DAL GRANDE NEWTON!
AVANTI, CEDI AL MIO ABBRACCIO!
SU!
SKREEEEEEEE
NOOOOOOO!

SWIIIRRLL
UH?
SWIIIRRLL
UU-UU-UH...
SWIIIRRLL
SWIIIRRLL
UH!
WOUSH
FRUP FRUP
TAP

TSK!
TI SEI MESSO DI NUOVO IN MEZZO!
COSA PENSI DI OTTENERE SCAPPANDO, RAZZA DI ZECCA?
NON DOVREMMO DISTRUGGERE QUESTA MACCHINA GENERA-BUCHI NERI?
QUESTA CORDA...
GUARDA COME SI ALLUNGA... CHE COSA INSOLITA...
DIREI CHE POSSIEDA DOTI SPECIALI, TALI DA RENDERLA EFFICACE ANCHE CONTRO GLI SPIRITI.
UUH... CHE BELLA SENSAZIONE QUANDO SI STRINGE ATTORNO AL CORPO...
STRINGI DI PIU'!
E AL PALATO HA LA CONSISTENZA DEL VELLUTO...
HUUNF

OVVIO CHE VOGLIA SCAPPARE DA QUESTO MANIACO!
UHM...
ANCHE QUESTA MI PIACE...
HUUNF
HUUNF
MA PER IL MOMENTO PREFERISCO CONCENTRARMI SULL'ALTRA FACCENDA!
LIBERIAMOCI DA QUESTA CORDA!
HUUNF
EFFETTO TUNNEL!
SCRIBB
SCRIBB
SCRIBB
BEN FATTO!
HANA!
MARU!
PON!
NON DISTRARTI, ZECCA!
QUEL TIPO POSSIEDE LA CAPACITÀ DI CREARE FORMULE CHE, GRAZIE ALLE GIUSTE VARIABILI, GLI CONSENTONO DI MANIPOLARE LA REALTÀ!
AAAH! NON CAPISCO UN TUBO DI QUEL CHE DICI!

È RIUSCITO A LIBERARSI DA OROCHINOHIRE!
UH UH UH... NEL MONDO DELLE PARTICELLE SUBATOMICHE NON ESISTE ALCUN TIPO DI BARRIERA IMPOSSIBILE DA SUPERARE!
QUESTI SONO GLI EFFETTI DEI TUNNEL QUANTICI!
WROUP
SARÀ PURE UN MANIACO, MA È UNO SPIRITO DELLA VENDETTA DI TUTTO RISPETTO.
PER QUANTO POSSIAMO PRENDERLO IN GIRO, DANDOGLI DEL MAIALE, POTREBBE UCCIDERCI ALL'ISTANTE!

TI SARAI ANCHE LIBE-RATO DELLA CORDA, MA NON POTRAI EVITARE IL FILO DELLA MIA KIKUICHI-MONJI!
WHAMM
OPLÀ!
CRAACK
GASP!
CRAACK
CRAACK
CHE...
...VE-LOCI-TÀ!
VOGLIO DISSEZIO-NARLI!
TUTTI E DUE!
MA SI MUOVONO TROPPO PER RIUSCIRCI...
IN TAL CASO...
TAP
TAP

DOVRÒ PARALIZZARLI, E DISSEZIONARLI QUANDO NON SARANNO PIÙ IN GRADO DI MUOVERSI!
PON!
GAS PARALIZ-ZANTE! HANA! MARU! PON!
FLASH
DANNG
CAVOLI!
QUESTO È GAS NERVINO!

WOUMM
SWIRRL
RITIRATI, ZECCA!
SICCOME QUESTO GAS PENETRA ANCHE LA PELLE, SERVONO DELLE PROTEZIONI ADEGUATE!
EH?
MA SE NON CI SBRIGHIAMO A SISTEMARE QUEL BUCO NERO...
SWIRRL
PENSIAMO PRIMA ALLA NOSTRA VITA!
ORA AFFERRA QUESTA FUNE!

D'AC-CORDO!
EH?
GASP!
KUROTOWA, DOPO VEDI DI TAGLIARE QUESTA SCENA IN FASE DI EDITING!
SWIRRL
SWIRRL
TAP
TAP TAP TAP
TAP TAP TAP TAP TAP TAP TAP
WOUMP
OK, E ADESSO CHE SI FA?
WOUMP
COME SISTEMIAMO QUEL BUCO NERO?

GWOO
...
SO-NO FUG-GITI?
OH
HM-MM...
HM-MM...
E PENSARE CHE AVEVO CREATO QUESTO GAS VENEFICO CON LE MIE STESSE MANI...
BEH, ADESSO COMUNQUE MI È VENUTA UN'IDEA ANCOR MIGLIORE!
SCRIBB
SCRIBB
SCRIBB
QUI CI METTIAMO UN PO' DI ACIDO...
UUH... SONO IO, O...
...IL GAS VELENOSO HA CAMBIATO ODORE?
BABBA BIA GHE BUZZA... BI SENDO SVENIRE...
GLOMM
EH?
A PROPOSITO, ORMAI DOVREMMO ESSERE FUORI DALL'AREA AVVELENATA...
WOUMP
NO, UN ATTIMO!
QUESTO ODORE MI SEMBRA DI CONOSCERLO...
WOUMP
BLINK

!
BOOMM
CRAAASH
GAA-SP!

MA GUARDA CHI SI VEDE!
SCUSACI PER IL RITARDO, SENPAI SARU!
NIGI, L'INCANTATORE DI SPIRITI VENDICATIVI, È DI NUOVO QUI!
LASCIATE QUESTA MEGA MARIONETTA A ME E YAMADA!

Cronache dal Mondo degli *Spiriti*

Capitolo - Trentacinque

ちらっ
BLINK
MA CHE PUZZA!
スポ
PLOP
NIGI...
CRE-DO SIA IMMUNE AL GAS VELENO-SO!
SA-KUYA...
ギラ
DINNG
QUELLA È SAKUYA, LA FAMOSA IDOL!
ギラ
DINNG
È PROPRIO LEI!
NIGI, NON MI PARE QUESTO IL MOMENTO DI LA-SCIARSI PRENDERE DALL'EMOZIONE!
QUESTA È LA MACCHINA-CREA BUCHI NERI CREATA DA HIRAGA GENNAI.
SE NON CI SBRIGHIAMO A DISTRUGGERLA, IL MONDO VERRÀ RISUCCHIATO!
WOUMP
WOUMP

LO SO,
LO SO!
CHOMP
CHOMP
ORA LO DISTRUGGIAMO, E POI COME RICOMPENSA MI FARÒ FARE L'AUTOGRAFO DA SAKUYA!
WHAMM
BOOMM

KA-BOMM
KA-BOMM
OH NO...
LA MIA PREZIOSA MACCHINA-CREA BUCHI NERI!

CLANG
CLUNK
TLANG

RUMBLE
EVVAI! NIGI, YAMADA, CE L'AVETE FATTA!
モアァ
WOUMP
GLA-AAAB!
CHE È SUCCES-SO?
キュイィイ
FIIH
LA PUZZA DEL GAS VELENOSO MI SEMBRA PIÙ FORTE...

SENPAI SARU! SAKUYA!
CE L'HO FATTA!
TAA-DAAN
MI... ARREN-DO...
SBAMM
GULP!
LA SCIAMANA È STRAMAZ-ZATA!
SE SMETTE DI COMBATTERE NON RIUSCIREMO MAI A SCONFIG-GERE IL GRANDE SPIRITO DELLA VENDETTA!
GASP!
NIGI, ASPETTA! TI STAI DIMENTI-CANDO CHE SEI FUORI DALLA PORTATA DI AME!
AH!
ACCIDENTI! MA ALLORA SI SENTE LA MIA PUZZA!

WA-AGH! E VA BENE!
シュ
TAPP
HO SOLO UNA RICHIESTA...
VORREI L'AUTOGRAFO DI SAKUYA!
QUI, SULLA MIA SCHIENA...
E VA BENE, VOLTATI!
SCIAMANA, PRENDI IL PENNARELLO!
WOW!
SCRIBB
キュッ
さくや
CHE EMOZIONE!
COSÌ VA BENE? ADESSO VEDI DI TENERTI A DISTANZA!
CERTO!
HO RIPRESO OGNI COSA, SARUTAHIKO!

SA-
KUYA!
?
SA-
KUYA...

TU SEI...
...MIA NONNA!
DANNG
NONNA, MA NON ERI MORTA?
O SEI FORSE UN FANTASMA?
PROPRIO COSÌ!
DICI SUL SERIO?
PROPRIO ORA CHE STAVO DIVENTANDO UNA SUPEREROINA!
GRATT GRATT.
UNA SUPER COSA?
ESATTO!
VOLEVO DIVENTARE FAMOSA E FAR SÌ CHE TUTTO IL MONDO SAPESSE CHE LE SCIAMANE SONO REALI!
E CHE TU ERI VERAMENTE CAPACE DI EVOCARE GLI SPIRITI!

MA CHE DICI?
NO CHE NON NE SONO CAPACE!
BLINK

GAASP!
GWOOOOH

MPH!
TI SEI RISVEGLIATA, FINALMENTE!
EH?
BEN FATTO

SCRIBB
SCRIBB SCRIBB
CH4 + O2 → CO
ORA ME LA PAGHERETE!
AVETE MANDATO ALL'ARIA TRE MESI DI RICERCHE SUI BUCHI NERI!
GWOAAA
AAAH
VI BRUCIO TUTTI, FINO ALL'ULTIMO!
METANO, ETANO, PROPANO, BUTANO!
HANA...
MARU...
PON!

GWO-OOH!
BOOMM
ゴロ
ROLL
ゴロ
ROLL
シュパシュパ
ZOMP ZOMP
III-GH!
WOUSH
KABOMM
KABOMM

ACCI-
DENTI!
È
TROPPO
ANCHE
PER NOI!
BOOMM
MPH!
DOBBIAMO
RITIRARCI,
PER IL
MOMENTO!
BOOMM
SCIA-
MANA?
WHAAAAAMM

NON-NA...
KUROTO-WA, VEDI DI RIPRENDERE OGNI COSA! SIAMO AL MO-MENTO CLOU DEL PROGRAM-MA!
NON M IMPORTA QUALE S LA VERITÀ
IO DESIDERO SOLO CHE LA GENTE ABBIA UNA MAGGIOR CONSIDERA-ZIONE DI TE!
È ORA CHE LA POTENTE EROINA DOMINI LA SCENA!
WAAAM

REGINA HIMIKO!
...IN-VOCO!
CHE COSA?
IO
IO...
...TI...
INVOCO!

WHAMM

CRONACHE
DAL MONDO DEGLI
Spiriti

GWOOOOH
ACCI-DENTI...
SA-KUYA...
COME TI È SALTATO IN MENTE DI EVOCARE HIMIKO?
Capitolo – Trentasei

GWOOOOOO
...
WOOO

ZHAH
AH AH AH AH AH
AAH AH AH AH
AH AH AH AH AH
A CAUSA DELLA CONTRO-TELEPATIA DI QUALCUNO, NON SO CHI, IL PIÙ GRANDE POTERE DI HIMIKO...
...LA VISIONE DEL FUTU-RO...
...È STATO BLOCCA-TO.
MA NON FA NULLA.
ELLA È ANCORA IN GRADO DI USARNE UNO.
FRUSH
IL PATTO DEMO-NIACO!
FRUSH

SCRIBB
SCRIBB
PENTANO! ESANO!
SCRIBB
EPTANO! OTTANO!
WOUMM
BWAH AH AH AH!
CHE TUTTO BRUCI!
A!
EH?
WHAMM
WHAMM
M!
A!
G!
O!
I!

AMAGOI!*
* RITUALE PER FAR PIOVERE (N. D. T.)
ゴゴゴ
RUMBLE
ゴゴゴ
RUMBLE
RUMBLE
ゴゴ

SHAAAAAAAH
RUMBLE
UHM...
UN AMA-GOI...
QUESTO SPEGNERÀ LE FIAMME PROVOCATE DAI GAS!
SHAAAAAAH

HIMIKO, LA REGINA DEL GIAPPONE ANTICO, ERA IN GRADO DI EFFETTUARE RITUALI CHIAMATI KIDO.
GRAZIE A ESSI, GOVERNAVA IL PAESE CONTROLLANDO IL CLIMA, I CAMBIAMENTI ATMOSFERICI E TUTTI I FENOMENI NATURALI.
ZHAH
BEH...
A PARTE QUESTO, MI SONO APPENA RESO CONTO DI UNA COSA ANCOR PIÙ SPAVENTOSA.
COSA?
ELLA POSSIEDE L'INCREDIBILE POTERE DI NASCONDERE TUTTE LE PARTI PIÙ INTERESSANTI, A PRESCINDERE DA QUALE SIA L'ANGOLO DAL QUALE PROVI A RIPRENDERLA!
È PER QUESTO CHE È DIVENTATA UNA SUPER IDOL, ADATTA SIA AI GRANDI CHE AI PIÙ PICCOLI!
GRABB
LEVATI DAI PIEDI, KUROTOWA...

モゾ
BLOP
MPH!
モゾ
BLOP
モゾ
BLOP
さくや
SAKUYA
NIGI?
SEI TU?
...
GLI ATTACCHI NEMICI SONO FINITI?
ぴょこん
EHI...
TE NE STAVI IN POSI-ZIONE RAGGO-MITOLA-TA?
さくや
SAKUYA

POSSIEDO LA CAPACITÀ DI REALIZZARE TRE DIVERSI TIPI DI FUSIONE CON TOTOMARU, CHACHAMARU E SADAMARU!
LA VERSIONE CHACHA-MARU È QUELLA PIÙ FORTE IN ATTACCO!
VERS. 1
LA VERSIONE TOTOMARU, INVECE, POSSIEDE LA SUPER VELOCITÀ!
VERS. 2
E PER FINIRE, QUELLA DI OGGI È LA VERSIONE SADAMARU, CHE È PERFETTA PER LA DIFESA, ESSENDO PIÙ DURA DEL DIAMANTE!
TA-DANN
EHI...
UH?
SWIRLL
SMETTI DI GINGILLARTI E FILA AL LAVORO!
IIIIII-GH!

ZHAAAAH
UR-CA…
GUAR-DA COME PIOVE FITTO!
ROOOO
OK, È IL MOMENTO DI USARE…
…UNA FORMULA FILOSOFICA ANCOR PIÙ STUPEFACENTE!
OOOLL
THUDD
BWAH AH AH AH… NON SPERARCI PROPRIO!
RUUUUMBLE

SCIAMANA, È IL MOMENTO DI COLPIRE!
WAAH! NON OSARE DARMI ORDINI!
STO ARRIVANDO, GRANDE SPIRITO VENDICATIVO!
FRUSH
F!
UU-UH...
SCRIBB
SONO COSTRETTO A RICORRERE AL MIO PEZZO FORTE...
THOMM
GLA-AAB!
U!
FRUSH
SCRIBB
NON MI ARRENDO...
GIURO CHE RIUSCIRÒ A COMPLETARLA!
GLA-AAB!
THOMM

B!
FRUSH
WRUP
SEI TROPPO LENTA!
FAI SILENZIO! I PATTI DEMONIACI RICHIEDONO LA MASSIMA CONCENTRA-ZIONE!
FRUSH
U!
K!
SCRIBB
SCRIBB
SÌ...
CI SONO!
*TORMENTA
I!
FUBUKI!*
WOUMM

MUAH AH AH AH AH AH!
MAS-SIMA POTEN-ZA!
BEN FATTO!
TEORIA DEL TUTTO!
HANA!
MARU!
PON!
DAL MOMENTO CHE SI TRATTA DI UNA TEORIA ANCORA INCOMPLETA, NELLA QUALE L'INTERO UNIVERSO SI MANIFESTA NELLE SEMBIANZE DI UNA FORMULA, PREFERISCO COPRIRE IL TUTTO CON UN EFFETTO MOSAICO!

SWIIINNG

WOAMM
!
LA MIA TORMENTA...
UH UH UH UH UH!
ORMAI NON PUÒ PIÙ RAGGIUNGERMI!
FWOOOOOMM
HO PIEGATO LO SPAZIO ATTORNO A ME!

コオオオオオオ
GWOOOOOOOOH
NE PARLÒ ANTICAMENTE IL MATEMATICO PITAGORA!
ALLA BASE DI OGNI COSA CI SONO I NUMERI!
かりかり かりかり かりかり
SCRIBB SCRIBB SCRIBB SCRIBB SCRIBB SCRIBB
PERTANTO, MANIPOLANDO I NUMERI IN QUESTO MODO...

...IL RISULTATO È LA CREAZIONE DI UN BIG BANG!
SCRIBB
SCRIBB
ADESSO DISTRUGGERÒ L'INTERO UNIVERSO!
GASP!
UN BIG BANG?
EHM... CHE ROBA È?
UNA IDOL?
WHAMM
È UNA MEGA ESPLOSIONE!
UHM...
NON HO CAPITO DEL TUTTO, MA PARE UNA BRUTTA COSA!
BENE, BASTERÀ CHE USI LA PIÙ POTENTE TRA LE TECNICHE DI HIMIKO, PRIMA CHE LUI FINISCA!

UUH?
ORMAI CI SONO QUASI!
MI MANCANO SOLO TRE RIGHE!
SCRIBB
SCRIBB
SCRIBB
M!
E!
FRUSH
FRUSH
WAAAH! HA DETTO CHE GLI MANCANO SOLO TRE RIGHE!
FAI SILENZIO!
T!
DUE RIGHE SOLTANTO...
SCRIBB
UH UH UH... E ADESSO CHE ACCADRÀ?
SCRIBB
MAMMA MIA, CHE EMOZIONE!
SCRIBB
UN'ALTRA RIGA ANCORA...
E!
O!
MUOVITI!
R!
NON METTERMI ANSIA!
I!
MANCA UNA RIGA SOLA!
AAH... UFFA!
T!

HANA! MARU! PON!
BEN FATTO!
E! ME-TEO-RITE!
GWOOOOOOH

BOOOMM
BIG BAAAA-ANG!

Cronache dal Mondo degli *Spiriti*

Capitolo – Trentasette

FIUH FIUH
MAMMA MIA... STA SUCCEDENDO UN MACELLO!
SAKUYA LANCIA METEORITI E IL NOSTRO NEMICO STRALI DI LUCE...
GWOOOH
CHI PENSI CHE AVRÀ LA MEGLIO?
VINCERÀ SAKUYA, VERO?
EH?
VINCERÀ IL NEMICO.
DECISAMENTE.

FWOOMP
EEE-EH?
PENSACI BENE. FARÀ PRIMA IL BIG BANG A INGHIOTTIRE SAKUYA.
CIOÈ, A DIRE IL VERO CI INGHIOTTIRÀ TUTTI...
E ORA CHE SI FA?
DI QUESTO PASSO, FAREMO UNA BRUTTA FINE...
CI PENSO IO!

EHI, GUARDATE, COSA SONO QUELLI?
GLIP!
CHE MISTE-ROOOO!
CHE STAI FACENDO?
...
SEMBRANO PROPRIO DEI METEORITI GIGANTI!
SE CI HO VISTO GIU-STO...
DA DOVE ESCONO FUORI?
...FOR-SE...

UUH...
PARLANDO DI CADUTE DI METEORITI, TUTTO È INIZIATO CON L' IMPATTO ASTRONOMICO, CHE HA GENERATO LA LUNA...
E POI, A SEGUIRE, L'IMPATTO DELL'ASTEROIDE CHE PRODUSSE IL CRATERE DI CHICXULUB, PROVOCANDO 65 MILIONI DI ANNI FA L'ESTINZIONE DEI DINOSAURI...
E TUTTI CONOSCONO ANCHE LA DISTRUZIONE DI SODOMA E GOMORRA (3123 ANNI FA), DELLA QUALE SI NARRA NEL VECCHIO TESTAMENTO...
uu-uh...
キラ
BLINK
uu-uh ...
キラ
BLINK
キラ
BLINK
uuuuu-uuuh...

BIG BANG... INTERRUZIONE!
IMPEGNATI DI PIÙ!
BAT...
TEN...
PON!
シュウウウ…
SWOUUSH
OOH!
EVVAI!
GRABB
自衛隊
JGSDF
BEN FATTO, SARUTAHIKO!
SILENZIO!
PIUTTOSTO, YAMADA, NASCONDITI DIETRO NIGI!

GWOOOOOH
ゴゴゴゴゴ
PER-
FETTO!
ADES-
SO CI
SIAMO!
POTRÒ
EFFETTUARE
TUTTE LE MIE
MISURAZIO-
NI...
...
GWOOOH
OH,
COME
È
VICI-
NO!
BONK

KABOMM
WOUMP
È FATTA! UN COLPO SECCO E...
FIUUH
HYA-AAA-AH!
WHAAMM

WOUSH
GWOOOH

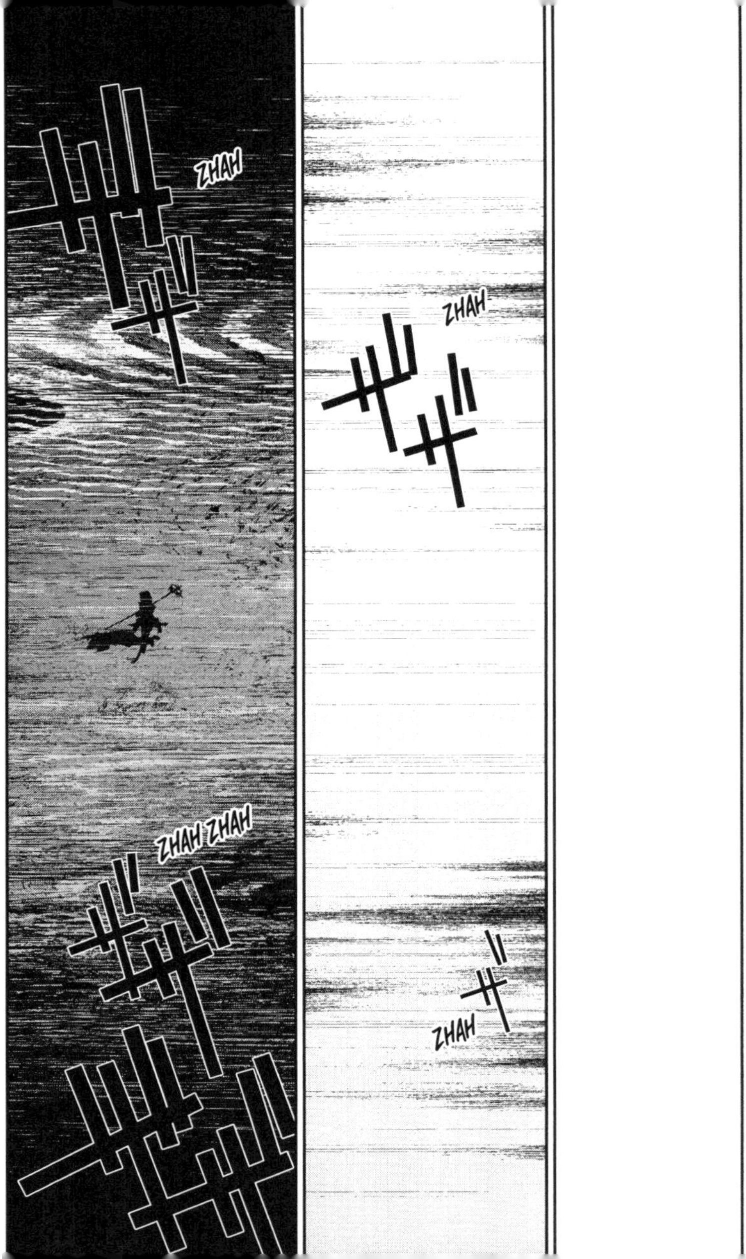
ZHAH
ZHAH
ZHAH
ZHAH ZHAH

GENTILI SPETTATORI, VI PREGO DI OSSERVARE!
SHINANO HA SUBITO DANNI INIMMAGINABILI...
DOBBIAMO RINGRAZIARE LA IDOL SCIAMANA SAKUYA!
È SOLO PER MERITO SUO SE IL GRANDE SPIRITO VENDICATIVO HIRAGA GENNAI È STATO ABBATTUTO!
TUTTAVIA... VEDETE?
WRUP

LASCIATE FARE
A
HO SALVATO IL MONDO ANCORA UNA VOLTA!
SAKUYA!
LA-SCIATE FARE...
...A SAKU-YA!
EEE... STAC-CO!

WOW, FAVOLOSA COME SEMPRE, SAKUYA!
CON QUESTO LE VISUALIZZAZIONI AUMENTERANNO DEL 120%!
AAH, SONO A PEZZI... CHE FIACCA!
RIKYU, DAMMI DEL TÈ!
A TE, PREGO!
タラタタラー
TAP TAP TAP TAP TAP TAP
ASCOLTAMI, KUROTOWA... VEDI DI TAGLIARE QUEL MAIALE E I SUOI AMICHETTI.
DEVO APPARIRE SOLO IO!
SONO LA SOLA CHE CONTA!
CHE TIPA...
MPH!
IH IH IH
NO...
NON VE LA FARÒ PASSARE LISCIA...

ADES-
SO ME LA
PAGATE!
SBAMM
WOUMM
!
ATTEN-
ZIONE!
SBONK
FRUSH

MA CERTO!
È QUESTA CONSISTENZA, SOFFICE COME LA SETA...
HNNF
HNNF
HNNF
CI SONO... HO RISOLTO IL MISTERO!
È QUESTO CIÒ CHE SI CELA NELL'INTIMO DELLA MIA MISTERIOSA SCIAMANA!
SBONK
FUUUUH...
VERSIONE MINI
BENVENUTO NEL CLUB.
UFF...
SHAAH
E STAVOLTA È DAVVERO FINITA!

LA VERA BATTAGLIA INIZIA ADES-SO!
E INVECE NO.

EH?
?
E QUELLO DA DOVE SBUCA?

WHAMM
MA È IMPOSSI-BILE!
ポッキ
CROCK
ガコッ
CRAASH
ガゴッ
WOUMM
KYAAAAAAAAAAAH!
ドドーン
THO-TOMM
SA-KUYA!

MUSA-SHIBO BENKEI!
E I SUOI COMPA-GNI!
ADESSO TOCCA A NOI!

CRONACHE
DAL MONDO DEGLI
Spiriti

TERRENO CONSACRATO DI KAMITSUYOMIDO
QUESTA NON ME LA ASPETTA-VO.
QUANDO PENSAVAMO DI AVER SCONFITTO IL GRANDE SPIRITO VENDICA-TIVO HIRAGA GENNAI, ECCO ARRIVARE MUSASHI-BO BENKEI...
BONK BONK BONK
UH?
CHE TI PRENDE, SHIBO?
HMM...
TEMO CHE LA TV DEL METEO SI SIA ROTTA.

Capitolo – Trentotto

SHINANO

GWOOOOOH

QUI BUTTA MALE!
GWOOOOOOH
NON SI ERA MAI SENTITO DI DUE SCONTRI CONSECUTIVI CON GLI SPIRITI DELLA VENDETTA!
EHI, SBAGLIO O TU SEI IL RAGAZZINO DAL CORPO DI METALLO?
CI SIAMO GIÀ INCONTRATI NELLA BIBLIOTECA DI WATA.
COME STA LA PRINCIPESSA?
FATTI GLI AFFARI TUOI...
...SPIRITO DELLA VEDETTA!
HAI DEL FEGATO. MI PIACE!
A PROPOSITO, DEVO PRESENTARTI I MIEI COMPAGNI!

PER COMINCIARE, AL FLAUTO IL MIO NEMICO DI UN TEMPO, IL GIOVANE GUERRIERO DELLA CASATA HEIKE...
... TAIRA NO ATSUMORI!
FIRULIII
SDENNG
AL BIWA, CAPACE DI FAR COMMUOVERE ANCHE GLI SPIRITI DEI DEFUNTI, ABBIAMO...
...HOUICHI!
LUI INVECE ERA DIVENTATO FAMOSO PER AVER CARICATO SU UN SITO DI IMMAGINI DEI BRANI MUSICALI, MA MA LO SCORSO ANNO È MORTO.
È MATSUHASHI P!
CLIC CLIC
E ALLA VOCE CI SONO IO, MUSASHIBO BENKEI!
IL PIACERE È TUTTO NOSTRO, YEAH!

GWOOH
OOOH
...
UUH...
OOOH

COME... AVETE OSATO FARE DEL MALE A SAKUYA?
RATTLE
TRASFOR-MAZIONE! VERSIONE CHACHAMA-RU!
CHE COSA ?
MAKE UP!
QUE-STA ME LA PAGA-TE!
WHAMM

GROWL
HOP!
ZHAH
UN ESSERE UMANO CHE OSPITA AL SUO INTERNO UNO SPIRITO DELLA VENDETTA?
PERÒ MANCA ANCORA DI PRATI-CA!
NON SERVE NEMMENO CHE INTERVENGA BENKEI!

SUONO DELLE CAMPA-NE...
SDOIINNG
...DEL TEMPIO DI GION!
E ORA, VAI COL COLPO DI GRAZIA A SUON DI BASSI!
WHAMM
RISO-NANZA DELL'IM-PERMA-NENZA FENOME-NICA!
DONNG

WHIPP
WHIPP
WHIPP
WHIPP
OOH...
OPS!
SONO BLOC-CATO!

NIGI, CHE COMBINI?
COME TI SALTA IN MENTE DI LEGARE UNO SPIRITO VENDICATIVO?
SWINNG
キィン
E PERCHÉ NO?
ORMAI LA SCINTILLA È SCOCCATA!
TUPP
WHAMM

UH UH UH...
WOMP
WOMP
WOMP
YAMA-DA!
FAI ATTEN-ZIONE!
TAIRA NO ATSUMORI È TALMENTE VELOCE DA RISULTARE INVISIBILE!
GRUMBLE
SARU-SENPAI!
GRA-ZIE!
ALLO-RA...
MI SA CHE TRA UN PO' TOCCA A ME!

EVOCA-
ZIONE
MUSI-
ROID!
CLIC
WHAAAMM
WOUMM
©せるすし
SBONK
SBONK
SBONK

VOCALO
VOCALO
NIGI!
IL RAGAZZO DAL CORPO DI METAL-LO...
...È MIGLIO-RATO!
BEN-KEI!
MA NON PUÒ COMPETERE CON ME, CHE SONO LA STAR!
GLO-MM!
SZACK

CAC-
CHIO!
QUESTA
NON CI
VOLEVA!
!
NON VEDO
ALCUNA
POSSIBILITÀ
DI VITTO-
RIA...
AVANTI,
AMICI
MIEI!
FACCIA-
MOLI A
PEZZI!

GWOOH
!
UN MOMEN-TO!

TAP
VEDO CHE ORMAI LI AVETE NETTAMENTE IN PUGNO!
TAP
VERO, BENKEI?
PERÒ, ABBATTERLI È COMPITO NOSTRO!
TAP
SOLO PERCHÉ SIAMO ENTRAMBI GRANDI SPIRITI VENDICATIVI, NON TI PERMETTO DI METTERMI I PIEDI IN TESTA!
CAVOLI!
ALTRI SPIRITI VENDICATIVI ANCORA?

NOI SIAMO SEI SHONAGON E I ROKKASEN...

PENSEREMO NOI A FARE GLI STRAORDINARI AL POSTO TUO!

Cronache dal Mondo degli *Spiriti*

Capitolo
Trentanove

OOOOH
SEI SHONA-GON...
CRAACK
CRAACK

GWO
CRAACK
CRAACK

SARU-TAHIKO, DIREI DI RITIRARCI!
VOCALO
VOCALO
NON SIAMO IN GRADO DI AFFRONTARE UN NUMERO SIMILE DI SPIRITI VENDICATIVI DI LIVELLO SUPERIORE!
ニギくんもやばい、
E NIGI DECISAMENTE NEI GUAI!
OLTRETUTTO, ORA CHE LO OKITSU KAGAMI DI SAKUYA SI È ROTTO, NON ABBIAMO PROPRIO ALCUNA SPERANZA DI VITTORIA.
DOBBIAMO TORNARE A KAMITSUYOMIDO.
ORMAI NON CI RIMANE CHE UNA SOLA OPPORTUNITÀ DI RIBALTARE LA SITUAZIONE.
UNA SOLA OPPORTUNITÀ...

YAMA-DA...
LA PROSSIMA VOLTA CHE USERÀ I SUOI POTERI, AME MORIRÀ.
SARU-TAHIKO...
NON VOGLIO CHE MUOIA...
VORREI CHE VIVESSE ANCORA A LUNGO.
NON CHIEDO ALTRO.

SARU-TAHIKO!
A ME TU PIACI TAAAANTO-OO!
UFFA, AME, COSÌ NON VALE! PIACE ANCHE A ME!
SARU-TAHIKO, TU CHI PREFERISCI TRA NOI DUE?
DECI-DI!
DEVI DECI-DERE ADES-SO!
AVAN-TI, DECI-DI!
EEH? MI SPIACE MA NON FUNZIONA COSÌ! NIENTE STRANI TRIAN-GOLI!
EH?
EH?
EH?

RATTLE
RATTLE
RATTLE
TUT-TE...
...E DUE...
BUFFONE! NON PENSERAI DI CAVARTELA COSÌ?
SBONK
KYAA-AH!
SBONK
UHM... DOVREMMO TRASFERIRCI IN UN PAESE DOVE SIA PERMESSA LA POLIGA-MIA...
AME! MA CHE DICI?
A QUEL TEMPO NON ERO CHE UN BIMBETTO DI PROVINCIA, DEL TUTTO INCONSAPEVOLE DELLE COSE.
MA POI WATA MORÌ.
E MI RI-MASE SOLO AME.

IO...
...NON VOLEVO PERDERE ANCHE LEI.
VOLEVO DIVENTARE FORTE!
GRIPP

GWOOOOH
EHI, BEN-KEI...
FRUSH
SE LI LASCI A ME...
TSUNNG TSUNNG
NON È CHE MI PERMETTERESTI DI UCCIDERE QUEGLI UMANI?
...POTREI ANCHE INSEGNARTI LA MIA TECNICA SEGRETA DEL MAKURA NO SOSHI, IL MONO NO AWARE!

ZACK
SLASH
NON SOPRAV-VALUTAR-TI!
QUESTE MOINE NON HANNO ALCUN EFFETTO SU DI ME!
TORNA DA DOVE SEI VENUTA, VECCHIA DELLA SEZIONE AFFARI GENE-RALI!

GRABB
HMM...
GASP
ALLORA...
GWOOOOOOOH
CHE COSA STAVI DICENDO?

FLAP
FLAP FLAP
FLAP FLAP
ECCO PERCHÉ ODIO GLI UOMINI!
E SE ADESSO TI TAGLIASSI IL
BIIP
E LO DESSI IN PASTO AI CORVI?
GULP

TIPS 16: GRANDE SPIRITO VENDICATIVO SEI SHONAGON. 966-1025 CIRCA. DONNA IN CARRIERA IN SERVIZIO PRESSO FUJIWARA NO TEISHI, LA CONSORTE DEL SESSANTASEIESIMO IMPERATORE, ICHIJO. IL SUO LIBRO, IL "MAKURA NO SOSHI", NEL QUALE HA RACCOLTO LE CHIACCHIERE DELLE DONNE DI CORTE, È COSÌ FAMOSO CHE LO SI STUDIA ANCHE A SCUOLA. I VERSI "HARU WA AKEBONO" ("IN PRIMAVERA, L'ALBA"), VENGONO DA LÌ.

WAAAGH! SCUSA, SCUSA!
ALLORA FACCIAMO UN PO' PER UNO!
LE DONNE SANNO ESSERE TERRIBILI...
TI LASCIO QUELLO GROSSO!
WHACK WHACK WHACK WHACK WHACK
MATSUHAYA-SHI P, RITIRA LE MUSIROID!
OK-P!
SIMUROID, IN PAUSA!
P
一時停止
WHIINN
TAPP

OH!
CLICK
MA GUARDA... CHE MUSCOLATURA FANTASTICA!
E CHE ODORE MASCHIO!
GWOOOH
STENTO A TRATTENERE I MIEI STINTI FEMMINILI... ANZI, NON POSSO PROPRIO!

EHM...
ALLO-RA...
E COSÌ, A NOI TOCCANO IL RAGAZZO DAL CORPO METALLICO E L'UFFICIALE.
MUOVIA-MOCI!
YAMADA!
DIMMI.
PRENDI CON TE SAKUYA E SCAPPA.

DEVI AVVERTIRE ZEAMI, E FAR AGGIUSTARE L'OKITSU KAGAMI.
MI DUOLE AMMETTERLO, MA CONTRO QUESTI QUA, SAKUYA HA PIÙ POS-SIBILITÀ DI ME DI FARCELA.
...
RICE-VUTO!
...
NIGI!
CHE... CHE C'È?

NOI RESTIAMO QUA PER FERMARE QUESTI TIZI!

DOBBIAMO FARLO PER PERMETTERE AD AME DI VIVERE ANCHE UN SOLO MINUTO DI PIÙ!

CRONACHE
DAL MONDO DEGLI
Spiriti

Capitolo - Quaranta

SWOUSH
VAI, OROCHI NO HIRE!
ANCORA QUELLA CORDA?
STAVOLTA NON MI FREGHERAI!
WHAMM
SNAPP
かく
SWIRRL SWIRRL
ぐるん
ぐるん
GA-SP!
IIIH, CI CASCO TUTTE LE VOLTE!
BENKEI, TAGLIALA!
EHI, NON SONO MICA IL TUO ADDETTO AL TAGLIO CORDE!

FIRU
LAAA
ANDIAMO, TEITEKI SAEDA!
FIRULIII
PORTAMI SULLE TUE NOTE!
FIUH
!

È VELO-CISSI-MO!
GRABB
WOUMM
UGH...
COME IMMAGI-NAVO...
WHAMM

SARU-SEMPAI!
VIENI QUI!
SONO IO IL TUO AVVERSARIO!
LA LOTTA...
...E L'AMORE SONO COSÌ SIMILI!
OOHLALA'!
CI RISIAMO, CON IL SUO SOLITO VIZIO!
TU, CREATURA MUSCOLOSA!
MI DOMANDO QUALI SOGNI MI MOSTRERAI MAI!
AMORE?
GUARDA CHE SONO UNA RAGAZZA!

EH?
ESATTO, SONO UNA RAGAZZA!
NON PRENDERMI IN GIRO!
NON ESISTE ALCUNA DONNA COSÌ NERBORUTA!
VEDI, CHACHAMARU, CHE AL MOMENTO SI È FUSO CON ME, QUANDO ERA IN VITA ERA UN GRAN BEL FUSTO!
FUSTO
BEL
IL MIO ATTUALE ASPETTO DIPENDE DA QUESTO!

AAAAH
WHIRL
WHIRL
AAAAH
WHIRL
AAAAH
AA
WHIRL
AAH
THUDD

QUI CI VUOLE UNA POESIA!
ZUNNG
I MUSCO-LI...
CLIC
筋肉が恐竜の足に潰さるる
I MUSCO-LI VEN-GONO CALPE-STATI DALLE ZAMPE DI UN DI-NOSAURO
...VEN-GONO PESTA-TI...
CLIC
EH?
CHE... CHE SCHIFEZZA!
FLICK
...DALLE ZAMPE DI UN DINOSAURO!
筋肉が恐
docodemo
UTAKAI GO!!!
竜の足に潰さるる
CLIC!

?
SHAAA
MA CHE SUCCEDE?
WOUMP
AAAAH
AAAH
UH?
LA FUSIONE SI È SCIOLTA?

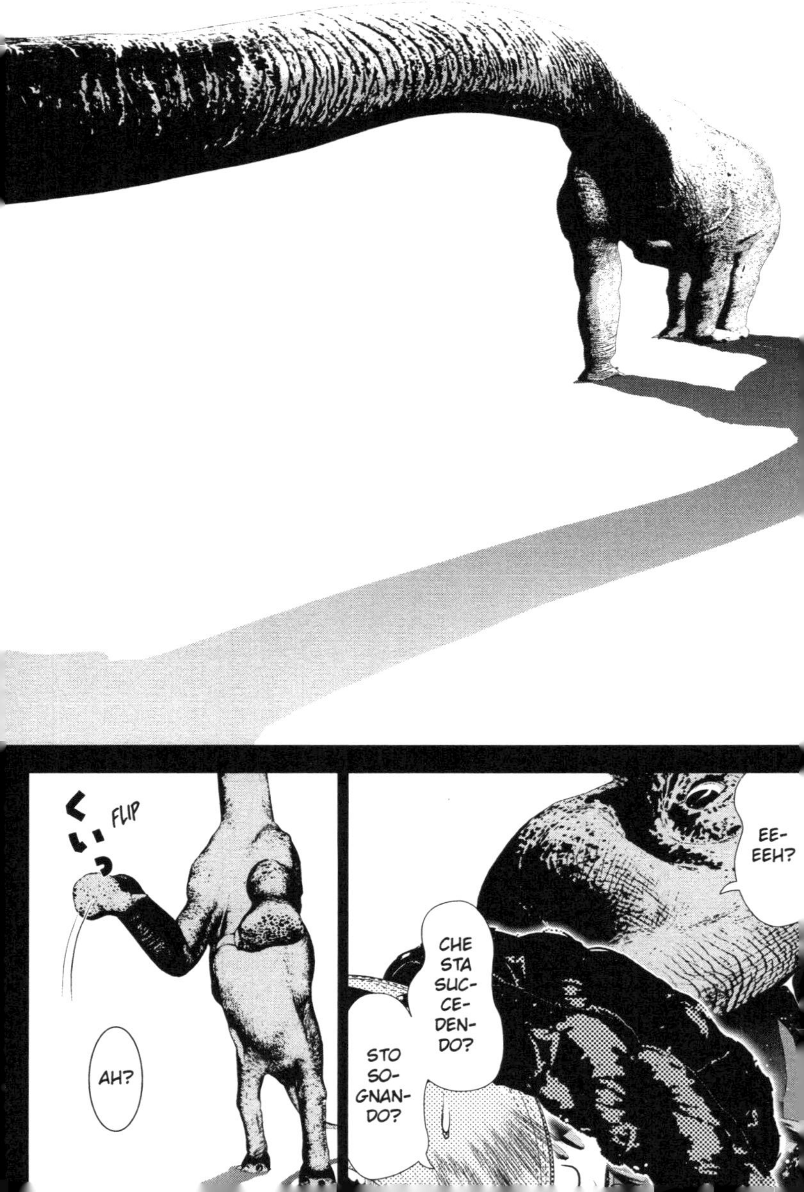
EE-EEH?
CHE STA SUC-CE-DEN-DO?
STO SO-GNAN-DO?
FLIP
AH?

STOMMPP
AAAA-GH!

AHIA...
MA È VERO?
DANNG
KYAA-AAA-AH!
RUUUUUMBLEEEE
AAAAH

WHAPP
バタ
AAAA-AH!
バタ
WHAPP
バタ
WHAPP
L'ATTACCO POETICO DI SEI SHONAGON È DAVVERO IMPRESSIO-NANTE!
È RIUSCITA A PROIETTARE LA SUA COSCIENZA NEL MONDO DELLA POESIA, E ORA, CONVINTA DI ESSERE SCHIACCIATA DA UN DINOSAURO, NON RIESCE A VENIR-NE FUORI!
AAH, ORMAI HO PERSO OGNI INTERESSE NEI SUOI CONFRON-TI!
DISPONETE DI QUESTA SPAZZA-TURA A VOSTRO PIACIMENTO!
PREFERISCO FARMI LE UNGHIE
GRIND
GRIND
SÌ!
BENE BENE...
GLAB!
AMMAZZARLI CI DARÀ UNA BELLA SODDI-SFAZIONE!
TAPP
NIGI!

SZACK
UH UH UH, TI PARE IL CASO DI DISTRARTI?
UGH!
UH?
COME SIETE COMMOVENTI!
SKREEEEE
VOLETE PROTEGGERE LA VOSTRA PADRONCINA?
MA CHE SPERANZE AVETE VOI, SPIRITI DI QUART'ORDINE?
AMMAZZEREMO TUTTI, VOI COMPRESI!
GWOH
NIGI!

TIINNG
UH?
SWIIIISH

ZHAH
THOMM

WOW...
GWOOOOH
COS'È STATO?
UR-GH...
È QUI ANCHE LUI?
OOOH
DLINNG
DLONNG
DLANNG
IL PIÙ POTENTE SPIRITO VENDICATIVO MAI ESISTI-TO...
ZHAH
ZHANNG
ZHANNG ZHANNG

È IL RE DI ASHIHARA NO NAKA-TSUKUNI!

OOKUNI-
NUSHI!
CRONACHE DAL MONDO DEGLI SPIRITI 5 - FINE

CRONACHE
DAL MONDO DEGLI
Spiriti

BUONASERA A TUTTI! QUESTA È LA STANZA DI FUJISAKI!
L'OSPITE DI OGGI È IL MASSIMO ESPERTO DI TÈ MAI ESISTITO, SEN NO RIKYU!
CLAP CLAP
CLAP CLAP
藤崎の部屋
LA STANZA DI FUJISAKI
LEI È STATO DEFINITO IL SANTO PROTETTORE DEL TÈ, E COMUNQUE È BEN NOTO COME ESPERTO DI TÈ, ESATTO?
LA PREGO, ME NE SER-VIREBBE UNA TAZZA?
YUMM!
NON ESISTONO TÈ ADATTI A UN INDIVIDUO SCOSTUMATO COME TE!
DONNG

NON PENSERAI DAVVERO CHE MI METTA A PREPARARE DEL BUON TÈ IN QUESTI STUDIOS?
HOLLYWOODE
LO SAI CHI SONO IO?
VEDI DI ALLESTIRMI UNA VERA SALA DA TÈ, INTRISA DI WABI SABI!
くわっ
GRIND
COME NON DETTO... NON MI VA NEMMENO DAVVERO DI BERLO!
BEH, ARRIVE-DERCI A TUTTI...
ASPET-TA!
コ
TUP
NON VORREI PASSARE PER UN BIGOTTO!
MA È SOLO PER QUESTA VOLTA!
OO-OOH!
ト
TÈ
BEH... HA UN SA-PORE CHE DEFINIREI PIUTTO-STO STAN-DARD...
E POI IO PREFE-RISCO IL CAFFÈ...
RAZZA DI...
CLAP CLAP CLAP
CLAP CLAP CLAP
ケルケレ～
BLORP BLORP

CRONACHE DAL MONDO DEGLI Spiriti
AME RISPONDERÀ AL RICHIAMO DISPERATO DEGLI ESSERI UMANI...

CRONACHE DAL MONDO DEGLI *Spiriti*

Ryu Fujisaki

NYU SUPPLEMENT
Pubblicazione mensile - Anno V - Numero 22 - Dicembre 2019
Autorizzazione n. 536 del 29/12/2011 del Tribunale di Novara
Cronache dal Mondo degli Spiriti è una pubblicazione di
RW s.r.l. - GOEN Division
80022 Arzano (NA)
www.rwedizioni.it

CEO
Pasquale Saviano

Direttore Responsabile
Sergio Nazzaro

Responsabile Editoriale
Massimiliano Ciotola

Supervisione Grafica
Claudio Alviggi

Traduzione
Maurizio Di Stefano

Stampa
MDF srl - Viale XXI Aprile, 61
00162 Roma

Distribuzione generale: Pegasus distribuzioni Srl, 80027 Frattamaggiore (NA)
Distributore esclusivo per le edicole: Press Di Distribuzione stampa e Multimedia Srl, 20090, Segrate (MI)
Distributore esclusivo per le librerie: Messaggerie Libri S.p.a. 20090, Assago (MI)
Distributore esclusivo per le fumetterie: Pegasus distribuzioni Srl, 80027 Frattamaggiore (NA)

Ringraziamenti
Jaime Rodriguez, Francesco Palumbo, Alessia Avecone